Essie

Et si j'étais parfaite ?

W0339685

Youpi, je lis !

MES PETITS ROMANS À LIRE COMME UN GRAND

Cette histoire a été écrite pour être accessible dès la fin du CP et le début du CE1 :

- le **texte est court**,
- il est divisé en **chapitres** qui rythment la lecture.

Cette histoire a aussi été écrite pour **passionner, émouvoir, faire rire** et **rêver** son lecteur, parce que **quand on aime lire, c'est pour toute la vie !**

© Bayard Éditions, 2017
ISBN : 978-2-7470-8247-1
Dépôt légal : août 2017
Loi n° 49-956 du 16 juillet 1949 sur les publications destinées à la jeunesse.
Tous droits réservés. Reproduction, même partielle, interdite.

Achevé d'imprimer en juin 2017
par Pollina – 85400 LUÇON - 81369C
Imprimé en France

Essie

Et si j'étais parfaite ?

écrit par Claire Clément

illustré par Ⓡobin

bayard jeunesse

Essie a eu une mauvaise note en calcul. Sa maman est fâchée. Elle lui dit :

– On va refaire l'exercice ensemble, jusqu'à ce que ce soit parfait.

– Parfait ! répète Essie, mais ça n'existe pas !

Essie soupire : elle en donne des soucis à sa maman. Peut-être qu'elle aimerait avoir une petite fille parfaite ? Et Essie voudrait tellement lui faire plaisir…

Tiens, et si...

Aussitôt dit, aussitôt… Essie est parfaite.

Elle a toujours les meilleures notes : 10 sur 10 en calcul, en poésie, en écriture et en dictée. Elle est toujours bien habillée, et bien coiffée, et elle a plein de bonnes idées pour s'amuser.

Évidemment la maîtresse l'adore, souvent elle dit :

– Prenez exemple sur Essie. Et vous serez PAR-FAITS !

Magali, Kitty et Léa, ses amies aussi l'adorent. Elle veulent toutes lui ressembler. Parfois, on les entend s'exclamer :

– Elle est trop belle, Essie !

– En plus, elle est super intelligente !

– Et puis elle est drôle ! J'aimerais trop être comme elle !

Dans la cour de récréation, Essie saute à cloche-pied en récitant une comptine qu'elle a inventée TOUTE SEULE !

Sur le chemin de l'école,
J'ai attrapé un papillon
Ses ailes étaient dorées
Je lui ai donné un nom :
Prince de l'été,
Puis je l'ai libéré.

Ses amies la suivent en répétant après elle :

Sur le chemin de l'école...

Après l'avoir chanté une dizaine de fois, Essie suggère :

– Maintenant, c'est à vous d'inventer une comptine ! Chacune son tour ! À toi, Magali !

Magali commence :

– Heu... une souris verte, qui courait dans l'herbe...

– Non ! s'exclame Essie. Tu dois en inventer une !

Mais Magali a beau chercher, elle n'a pas d'idée...

– Y'a que toi qui sais les faire, Essie ! déclare Kitty.

– Tu nous en dis une autre ? demande Léa.

Mais Essie n'a plus envie. C'est toujours elle qui doit inventer les comptines, et trouver de nouveaux jeux ! Elle en a assez !

Essie s'assoit sur le banc. Elle est fatiguée. Ses amies sont gentilles, mais elles ne la laissent jamais tranquille !

Il n'y a qu'Emma qui ne l'embête pas. Et puis, elle, elle sait inventer des chansons rigolotes. Comme en ce moment :

J'ai pelé les tomates
Sac à patates !
Écrasé les haricots
Prout rigolo !
Qui va les cuisiner ?
Pipi d'araignée !
C'est mon cousin
Crotte de lapin !

Essie éclate de rire. Emma est si drôle !

Même en classe, car, parfois, elle mélange les mots : elle dit « asticot » à la place d'« haricot » ou « je m'émerveille » au lieu de « je me réveille ». La maîtresse dit qu'elle est dans la lune. D'ailleurs, Emma oublie souvent ses affaires : sa colle, ou ses crayons, ou ses ciseaux…

Essie aimerait être son amie mais on dirait qu'Emma la fuit.

Essie s'interroge :

« Peut-être qu'elle m'aimerait si je n'étais pas parfaite ? »

Le soir, à peine rentrée à la maison, Essie court faire un câlin à son chat Bouffon.

Mais dans sa chambre, elle découvre une crotte sur sa moquette :

– Oh, Bouffon, tu exagères ! s'écrie Essie. Tu pourrais faire dans ta litière quand même ! Pourquoi n'es-tu pas un chat parfait ?

Bouffon s'en va, l'air hautain, comme si cette crotte sur la moquette ne le concernait pas.

Le lendemain après-midi, la maîtresse rend les dictées. En tendant sa feuille à Essie, elle dit :

– Très bien, Essie, comme d'habitude.

Puis la maîtresse se dirige vers Emma :

– Emma, quelle bonne surprise ! Ta dictée est loin d'être parfaite, mais tu as fait d'énormes progrès. Bravo, je te félicite !

Essie est étonnée. Le sourire de la maîtresse s'élargit jusqu'aux oreilles : on dirait un sourire d'hippopotame ! Jamais la maîtresse ne lui a fait un sourire pareil ! Emma aussi a un sourire d'hippopotame.

À la sortie de l'école, Emma se jette dans les bras de sa maman en criant :

– Maman, j'ai eu un 6 sur 10 à ma dictée !

– 6 sur 10 ! C'est bien, ma chérie. Ta maîtresse doit être fière de toi !

– Oui, elle a même dit que j'avais fait d'énormes progrès !

La maman d'Emma sourit jusqu'aux oreilles ! Un vrai sourire d'hippopotame !

– On va fêter ça ! Si on allait manger une pizza ce soir avec papa ? Il va être drôlement content !

Emma saute de joie :

– Hourra !

La maman d'Essie, qui a entendu, lui demande :

– Comme d'habitude, tu as eu 10 sur 10 à ta dictée, ma chérie ?

– Oui, répond Essie.

Sa maman sourit :

– Bravo, mon cœur.

– On pourrait fêter ça ? suggère Essie.

– Fêter quoi ?

– Ben, mon 10 sur 10 !

– Mais tu n'as que des 10 sur 10 ! répond sa maman en s'esclaffant. On ne va quand même pas faire la fête tous les jours !

Essie est un peu triste. Pour elle, pas de sourire d'hippopotame de sa maîtresse, ni de sa maman. Pas de pizza non plus avec son papa dans un restaurant.

Essie s'interroge :

« Peut-être que la vie serait plus drôle si je n'étais pas parfaite ? »

Le soir, à la maison, Essie retrouve son chat adoré. Mais que fait-il ? Il a grimpé aux rideaux, et avec ses griffes, schriiiik ! schraaaak ! il les déchire de haut en bas ! Essie l'attrape en criant :

– Bouffon, qu'est-ce qui te prend ? Tu es insupportable ! Pourquoi n'es-tu pas un chat parfait ?

Bouffon va s'allonger sur le lit d'Essie, l'air hautain, comme si les gros trous dans le rideau ne le concernaient pas.

Aujourd'hui, mercredi, il fait beau, la maman d'Essie décide d'emmener sa fille au square.

Pour le goûter, elle prépare un gâteau au chocolat et un Thermos de grenadine.

Essie y retrouve ses amies. Elle propose :

– Et si on jouait à la mêlée, comme au rugby ? On se met en rond, et au milieu on pose une chaussure. Celle qui réussit à l'attraper, a gagné ! D'accord ?

Magali, Kitty et Léa poussent des cris joyeux. Il est super, ce jeu !

Au même moment, Emma apparaît.

Essie lui fait un grand signe de la main. Mais Emma l'ignore.

– Allez, Emma, l'encourage sa mère. Va jouer avec tes amies.

Emma hausse les épaules et se dirige vers elles, lentement.

Essie lui explique le jeu :

– Ça a l'air bien, dit Emma.

Et hop, elle lance sa chaussure au milieu des enfants.

Les filles se ruent, et c'est la mêlée ! Finalement c'est Essie qui, la première, récupère la chaussure et court la poser au pied de l'arbre.

– J'ai gagné ! crie-t-elle.

Mais ses amies ne l'entendent pas : elles sont écroulées de rire !

Étonnée, Essie s'approche d'elles. En découvrant le spectacle, elle comprend pourquoi elles rient tant :

La robe de Magali est déchirée ; les cheveux de Kitty sont si emmêlés qu'elle a une tête d'épouvantail ; Léa tient son pantalon à deux mains pour qu'il ne tombe pas, car le bouton a sauté. Quant à Emma, elle est pieds nus ; elle a perdu sa deuxième chaussure, et elle n'a plus de chaussettes !

Les mamans se précipitent vers leurs filles :
– Ah là là, avec vous, on ne risque pas de s'ennuyer !
Une maman fait un nœud à une robe, l'autre refait des tresses, la troisième attache une épingle à nourrice, la quatrième retrouve la chaussure.

La maman d'Essie, elle, n'a pas bougé. Car Essie n'a pas déchiré sa robe, n'est pas décoiffée et elle n'a rien perdu. Elle est parfaite, comme d'habitude. Cette maman-là ne sert à rien.

Essie s'interroge :

« Peut-être que maman se sentirait plus utile si je n'étais pas parfaite ? »

Le soir, à la maison, Essie trouve Bouffon sur la table de la cuisine. Mais elle ne voit que son derrière car sa tête est enfouie dans une casserole.

En entendant Essie, il se redresse ; son museau est barbouillé de chocolat ! Bouffon saute sur Essie pour l'accueillir. Catastrophe ! Sa robe se couvre de taches brunes.

– Oh non ! gémit-elle.

Puis elle pense à ses amies après la mêlée de rugby…

Et soudain elle a un sourire qui s'élargit jusqu'aux oreilles : un sourire d'hippopotame !

STOP ! hurle-t-elle, j'en ai assez ! Je ne veux plus être parfaite ! Je veux faire des progrès, et qu'on fasse la fête ! Je veux des sourires d'hippopotame ! Déchirer ma robe, perdre mon pantalon, amuser maman !

Bouffon, viens sur mes genoux... Tu sais quoi ? Tu es loin d'être parfait ! Tu es même un coquin, un fripon, un bouffon, quoi ! Mais je vais te confier un secret : j'adore le chocolat.

Youpi, je lis !

Découvre tous les autres titres de la collection !

Un pirate à l'école

Et si j'étais vétérinaire

Et si j'étais Cendrillon

Et si j'étais princesse

Et si j'étais parfaite

Et si j'étais un superhéros

La soupe à rétrécir

La reine de la récré